Lustucru
le loup qui pue

À mon ami Paul Brault

D. D.

À mes filles, Raphaëlle et Mathilde,
et à mes neveux, Antoine, Vincent et Edmond

J. M.

Catalogage avant publication de
Bibliothèque et Archives nationales du Québec
et Bibliothèque et Archives Canada

Demers, Dominique
Lustucru, le loup qui pue
Pour enfants.

ISBN 978-2-89512-780-2

I. Morin, Jean, 1959- . II. Titre.

PS8557.E468L87 2009   jC843'.54   C2009-940785-X
PS9557.E468L87 2009

Directrice de collection : Lucie Papineau
Direction artistique et graphisme :
Primeau Barey

Dépôt légal : 3ᵉ trimestre 2009
Bibliothèque nationale du Québec
Bibliothèque nationale du Canada

Dominique et compagnie
300, rue Arran
Saint-Lambert (Québec) Canada J4R 1K5
Téléphone : 514 875-0327
Télécopieur : 450 672-5448
Courriel : dominiqueetcie@editionsheritage.com

www.dominiqueetcompagnie.com
Imprimé en Chine

Nous remercions le Conseil des Arts du Canada
de l'aide accordée à notre programme de publication.

Nous reconnaissons l'aide financière du gouvernement du
Canada par l'entremise du Programme d'aide au développement
de l'industrie de l'édition (PADIÉ) pour nos activités d'édition.

Nous reconnaissons l'aide financière du gouvernement
du Québec par l'entremise du Programme de crédit d'impôt
pour l'édition de livres – SODEC – et du Programme d'aide aux
entreprises du livre et de l'édition spécialisée.

Lustucru
le loup qui pue

Texte : Dominique Demers

Illustrations : Jean Morin

Lustucru était un vrai loup. Il vivait dans
une sombre forêt et semait la terreur autour de lui.

C'était un loup redoutable. Il avait deux yeux luisants
et méchants, une large gueule caverneuse, trente-sept dents
très longues et très pointues, quatre pattes griffues
et une longue queue touffue.

Lustucru avait l'allure parfaite d'un loup effrayant…
avec quelque chose de plus. Lustucru était un loup qui pue !
Dès qu'il ouvrait sa large gueule caverneuse, il en sortait
une odeur épouvantable, une puanteur abominable
et parfaitement insupportable.

Lustucru puait tellement qu'il n'avait qu'à ouvrir
sa grande gueule et, PAF! tout ce qui bougeait autour de lui
tombait raide sur le sol. Empuanti!

Tous les loups des environs étaient jaloux de lui.
Ils auraient payé cher pour puer autant. Mais nul ne savait
comment Lustucru s'y prenait.

Lustucru avait fréquenté l'école privée
la mieux cotée. C'est là qu'il avait appris à hurler.
Il avait d'ailleurs obtenu la meilleure note de sa classe.

C'est aussi à l'école privée qu'il avait appris à
dévorer tout ce qui se déplace sur deux ou quatre pattes :
les moutons, les lapins, les chèvres, les belettes et,
bien sûr, les enfants !

Mais ce n'est pas là qu'il avait appris comment
s'y prendre pour puer autant.

Lustucru possédait donc toutes les qualités
d'un loup idéal… à première vue. Au fond de son cœur,
Lustucru dissimulait un secret honteux.

Lustucru n'était pas un vrai loup redoutable. Il détestait manger
les moutons, les lapins, les chèvres, les belettes et les enfants.
Et chaque fois que l'un d'entre eux succombait à son
haleine répugnante, Lustucru avait beaucoup de chagrin.

Alors, pour se consoler, Lustucru mangeait ce qu'il aimait
le mieux : un bon mounche-miam au fromage !

Dans le secret de sa tanière, au fond de sa sombre forêt,
le loup cuisinait en cachette ce mets de son invention :
le mounche-miam ! Une délicieuse galette
chaude au bon fromage puant. Lustucru en raffolait.

Un jour, alors qu'il venait de
sortir un beau gros mounche-miam
bien fumant du four, Lustucru
aperçut une fillette à la fenêtre de
sa tanière. C'était la petite Josette
qui s'était perdue dans le bois.

Le cœur de Lustucru fit trois
cabrioles. Il adorait les enfants !
Chaque fois que l'un d'eux s'égarait
dans la forêt, il rêvait de pouvoir
bavarder avec lui. Mais dès
qu'il ouvrait la bouche, la petite fille
ou le petit garçon s'effondrait,
empesté par son haleine infecte.

– Youhou ! Monsieur le loup ! l'interpella Josette.
Est-ce que je peux entrer ? J'ai froid, j'ai faim et je suis fatiguée.

Le loup chercha comment expliquer à l'adorable petite fille
qu'elle allait s'évanouir, ou peut-être pire, si elle s'approchait de lui.
Mais la fillette était brave et elle avait très faim. Elle entra
donc sans attendre sa permission.

Lustucru compta jusqu'à dix, persuadé
que la fillette allait tomber avant le chiffre sept.
La petite fille s'installa plutôt à la table, sourit largement
et attendit. Alors Lustucru, qui était poli, lui
offrit la moitié de sa galette.
– Mmmm. Je n'ai jamais rien goûté d'aussi délicieux !
Qu'est-ce que c'est ? demanda la fillette ravie.

Lustucru lui expliqua que c'était un mounche-miam de son invention. Une galette chaude avec du bon fromage bien puant.
Puis il demanda :
– L'odeur ne vous déplaît pas ?
– Non. Je ne sens rien parce que j'ai le rhume des foins, dit la fillette. J'ai le nez complètement bouché.
– Et… vous n'avez pas peur de moi ? s'enquit le loup.
– Non, je ne crois pas, répondit simplement Josette.

Cette fois, le cœur de Lustucru fit trois grands tours d'ascenseur. Il venait de trouver une sorte de fillette avec laquelle il pourrait bavarder, rire, jouer, rêver.

Le loup était tellement heureux qu'il confia à la petite fille son terrible secret.

– Alors, vous n'êtes pas du tout méchant ? C'est merveilleux ! s'exclama Josette.

– Mais je ne peux m'approcher de personne, se plaignit le loup avec des trémolos dans la voix.

– Tut ! tut ! tut ! le réprimanda Josette. Il y a sûrement une solution. Ma grand-mère Berthe dit qu'on peut toujours trouver une façon.

Le lendemain, Lustucru vit Josette arriver avec une baguette
magique poilue et un petit pot rempli d'une potion verte.

Josette enseigna à Lustucru à se brosser les dents et
à utiliser du rince-bouche. Puis elle demanda à son ami Léo
qui attendait derrière la porte de s'approcher. Léo ne souffrait
pas de rhume des foins et pourtant, il ne fut pas
le moindrement incommodé par l'haleine de Lustucru.

Depuis ce jour, Lustucru ne fait plus peur aux moutons, aux lapins, aux chèvres, aux belettes et aux enfants. Et il n'a plus honte de lui. Au contraire ! Encouragé par ses deux amis, Lustucru a décidé de partager ses talents en ouvrant un petit restaurant. Les enfants sont ses meilleurs clients.

CHEZ LUSTUCRU

La recette de Lustucru n'est pas restée longtemps secrète.
Un peu partout dans le monde, de grands chefs servent
des mounche-miam fumants. Le nom du mets a changé et
on a remplacé le fromage qui pue par du fromage qui
ne pue pas, beaucoup moins délicieux.

Il n'en reste pas moins que le véritable inventeur…

… c'est Lustucru, le loup qui puait et ne pue plus.